CATALOGUE

D'UN

SOMPTUEUX MOBILIER

OBJETS D'ART — TAPISSERIES

APPARTENANT A M. Richard Lyon

Mᵉ ESCRIBE	M. A. BLOCHE
COMMISSAIRE-PRISEUR	EXPERT
6, rue de Hanovre, 6	44, rue Laffitte, 44

IMPRIMERIE DE L'ART

CATALOGUE

D'UN

SOMPTUEUX MOBILIER

DES

XVIIe ET XVIIIe SIÈCLES

Beaux ameublements de Salons en tapisserie Louis XIV
et en bois finement sculpté couvert en soierie brochée Louis XVI
Chaises à porteurs — Bureaux
Tables — Bibliothèques — Commodes ornées de bronzes

MEUBLES DE STYLE

Beaux bronzes d'art et d'ameublement — Marbres — Terres cuites — Faïences
Porcelaines — Armes européennes et orientales
Argenterie ancienne vieux Paris
Intéressantes curiosités de la Chine et du Japon

SÉRIES DE BELLES TAPISSERIES

D'APRÈS HUET ET OUDRY

Tableaux — Dessins — Gravures — Miniatures

MAGNIFIQUES TENTURES

Le tout appartenant à M. R...

ET DONT LA VENTE AURA LIEU

HOTEL DROUOT, SALLES N°s 8 ET 9

Les Mercredi 30 Avril, Jeudi 1er et Vendredi 2 Mai 1884

A DEUX HEURES

Me ESCRIBE	**M. A. BLOCHE**
COMMISSAIRE-PRISEUR	EXPERT
6, rue de Hanovre, 6	11, rue Laffitte, 11

EXPOSITIONS

PARTICULIÈRE	PUBLIQUE
Le Lundi 28 Avril 1884	Le Mardi 29 Avril 1884
DE 1 HEURE 1/2 A 5 HEURES 1/2	DE 1 HEURE A 5 HEURES

CONDITIONS DE LA VENTE

Elle sera faite *expressément* au comptant.

Les acquéreurs *paieront* 5 0/0 en sus des enchères, applicables aux frais de la vente.

L'exposition mettant le public à même de se rendre compte de l'état des objets, il ne sera admis aucune réclamation une fois l'adjudication prononcée.

Paris. — Imp. J. Rouam, imprimeur-éditeur, 41, rue de la Victoire.

DÉSIGNATION DES OBJETS

TAPISSERIES

1 — Série de quatre belles tapisseries d'Aubusson, représentant de gracieuses compositions champêtres exécutées d'après les cartons de Huet, avec bordures à fleurs et ornements.

La première représente *Une Halte à la fontaine* : une bergère conduisant son troupeau s'est arrêtée avec une bouquetière et un jeune pâtre, près d'une fontaine où une lavandière et un petit paysan devisent d'amour.

Haut., 2 m. 60 cent.; long., 2 m. 20 cent.

La deuxième représente *les Propos galants*. Au milieu d'un paysage accidenté arrosé par un cours d'eau, un jeune paysan conte fleurettes à une petite bergère qui ne s'occupe plus guère de son troupeau broutant çà et là.

Haut., 2 m. 80 cent.; long., 2 m. 90 cent.

La troisième représente *les Travaux champêtres*. A droite, au pied d'un arbre, un jeune pâtre et deux paysannes content des histoires : à gauche, près d'une fontaine, c'est un petit paysan qui s'entretient avec une porteuse d'eau ; une bergère qui conduit son troupeau les observe et plus loin deux enfants causent près d'un pont. Fond de paysage des plus pittoresques, arrosé par une rivière qui coule en cascade.

Haut., 2 m. 70 cent.; long., 3 m. 50 cent.

La quatrième représente *le Repos champêtre*. Un berger et une bergère devisent d'amour en surveillant leur troupeau. Le paysage accidenté avec vue de village en amphithéâtre est arrosé par une rivière qui coule en cascade.

Haut., 2 m. 60 cent.; long., 2 m. 30 cent.

2 — Série de quatre belles tapisseries d'Aubusson, représentant des compositions d'après Oudry, avec bordures simulant des encadrements.

La première représente un paysage avec vue de village en perspective, arrosé par un cours d'eau traversé par un pont et émaillé de belles plantes et de fleurs multicolores. Un chien poursuivant un cygne le saisit par l'aile.

Porte dans le bas la marque d'Aubusson.

Haut., 2 m. 60 cent.; long., 4 mètres.

La deuxième représente un paysage arrosé par un cours d'eau offrant à droite un village. Animé de chiens et d'oiseaux.

Haut., 2 m. 50 cent.; long., 2 m. 80 cent.

La troisième représente un village avec cours d'eau et pont de pierre. Sur la rive un chien vient s'abattre sur des volatiles. Dans les arbres on voit des perroquets au plumage multicolore.

Haut., 2 m. 50 cent.; long., 2 m. 80 cent.

La quatrième représente un charmant paysage avec moulin, pont de bois jeté sur une rivière et vue de château en perspective. Au premier plan, un chien de chasse observe une perdrix qui se hasarde au milieu des parterres de fleurs.

Haut., 2 m. 75 cent.; long., 3 m. 40 cent.

3 — Joli panneau en tapisserie d'Aubusson, représentant le Colin-Maillard, composition de quatre personnages. Fond de paysage émaillé de fleurs. Époque Louis XVI.

Haut., 2 m. 40 cent.; long., 1 m. 50 cent.

4 — Petit panneau représentant une bergère tenant une corbeille de fleurs et gardant son troupeau. Bordure à fleurs. Époque Louis XVI.

Haut., 2 m. 70 cent.; long., 1 mètre.

5 — Panneau en tapisserie représentant un blason royal de France porté par des figures de renommée se détachant sur un fond bleu fleurdelisé. La bordure offre des trophées guerriers et de musique, des couronnes royales, et aux angles des fleurs de lis. XVIIe siècle.

6 — Trois belles tapisseries verdures avec bordures à fleurs garnies de franges assorties et bordées de velours rouge sur un côté. Époque Louis XIII. (Sera divisé.)

7 — Tapisserie représentant des allégories bibliques, des scènes champêtres avec bordure à médaillons, cariatides, fleurs et fruits. XVIe siècle.

Haut., 3 m. 40 cent ; long., 4 m. 05 cent.

8 — Deux petits panneaux étroits, fragments de tapisseries verdures avec volatiles.

TENTURES — RIDEAUX

9 — Belle décoration de croisée, deux grandes et deux petites portières en velours bleu garni de passementeries et de franges multicolores avec bandeau en tapisserie à la main, représentant des médaillons à oiseaux, des fleurs et des ornements. Style Louis XIII.

10 — Très belle décoration de croisée et quatre paires de portières en soie bleu clair brochée de raies satinées avec cintres ornées de bandes à guirlandes et rinceaux brochés ; le tout relevé à draperies à l'italienne garnies de franges et de cordelières assorties avec embrasses. Style Louis XVI.

11 — Très belle décoration de baie en satin de Chine richement brodé de personnages et de fleurs en soie de différentes nuances sur fond bleu tendre, garnie de franges assorties et ornée de draperies en soie rose brodée à rosaces, guirlandes et rubans.

12 — Trois belles décorations de croisées et de portes composées de rideaux en velours vieil or et en panne rouge, garnis de passementeries et de galons avec larges bandeaux en satin de Chine ancien ornés de riches broderies d'or et de soie.

13 — Deux magnifiques décorations de croisées en brocart vert dessin ton sur ton, avec draperies, passementeries, garnitures et embrasses assorties accompagnées de transparents en soie.

14 — Cinq décorations de portes en velours vert avec garnitures assorties et lambrequins à draperies ornés d'applications de satin et garnis de franges.

MEUBLES

15 — Très bel ameublement de salon en bois très finement sculpté avec sa dorure ancienne, dessin à chainettes avec crosses d'accotoirs enveloppées de volutes enguirlandées, bandeaux à rosaces enchainées, pieds à côtes tournantes surmontés de chapiteaux à feuilles d'acanthe et volutes.

Il se compose de deux marquises couvertes en soie rose brochée à fleurs et de six fauteuils en soie crème brochée à fleurs. Précieux travail du temps de Louis XVI.

16 — Très beau meuble de salon en bois sculpté et doré, couvert en tapisserie de Beauvais, représentant des

grands médaillons allégoriques aux fables de La Fontaine encadrés de rocailles et de guirlandes de fleurs sur fond rouge. Époque Louis XIV.

Il se compose d'un canapé et huit grands fauteuils.

17 — Joli écran en bois sculpté et doré, forme à rocailles feuillagées avec panneau en tapisserie de Beauvais représentant un sujet des fables de La Fontaine encadré de rocailles et de guirlandes de fleurs sur fond vieil or ; le revers est gainé de drap vert encadré de passementerie.

18 — Grand et beau canapé et deux fauteuils en bois sculpté et doré couverts en tapisserie représentant des scènes allégoriques aux fables de La Fontaine, des guirlandes de fleurs et des enroulements, fond rouge. Époque Louis XIV.

19 — Écran en noyer sculpté avec joli panneau en tapisserie de Beauvais représentant Renaud dans les jardins d'Armide. Époque Louis XVI.

20 — Très jolie chaise de clavecin en bois finement sculpté et doré, foncée de canne dorée. Époque Louis XVI, signée *Jacob*.

21 — Bel écran à double face en bois sculpté et doré, avec panneau en tapisserie d'Aubusson représentant une allégorie aux fables de La Fontaine et encadrement à guirlandes de fleurs et oiseaux : porte dans le bas l'inscription : *M. R. d'Aubusson. Roby. de.*

Faurex, doublé en satin broché et rayé. Époque Louis XVI.

22 — Glace biseautée avec cadre en bois sculpté à fronton. Époque Louis XIV.

23 — Grande et belle glace biseautée avec encadrement en bois sculpté et doré à fronton exécuté d'après les dessins de Bérain. Époque Louis XIV.

24 — Très belle table rectangulaire en marqueterie de cuivre sur fond d'écaille de l'Inde, richement ornée de cariatides de femmes se perdant dans des volutes, de têtes de Tritons, de mascarons garnissant les pieds des tiroirs et le pourtour, avec large moulure en cuivre, partie à l'or moulu, partie polie, offrant aux angles quatre agrafes rabattues finement ciselées représentant des têtes de Satyres couronnées de feuillage se détachant sur des cartouches. Grand style Louis XIV.

25 — Petite vitrine d'appui à deux battants en bois noir incrusté de filets de cuivre et ornée de bronze doré. Style Louis XIV.

26 — Très belle commode de forme cintrée, élevée sur quatre pieds; s'ouvrant à deux tiroirs en bois satiné et marqueté, ornée sur le devant de grands enroulements dans lesquels les poignées à volutes prennent naissance, et sur les côtés de coquilles, montants et chutes formés d'ornements à coquilles et quadrillés; pieds à griffes. Dessus en marbre. Époque Régence.

27 — Joli canapé forme à contours, en noyer finement sculpté et rehaussé d'or, couvert en soie crème ancienne brochée à fleurs avec coussins. Style Louis XV.

28 — Deux très beaux meubles d'appui en marqueterie de cuivre sur fond d'écaille, richement ornés de bronze ciselé et doré, avec panneaux en ressauts au centre, surmontés de bas-reliefs à l'effigie de Henri IV, enguirlandés de lauriers avec têtes de chérubins, encadrements à moulures et de tores feuillages, avec rangées de tiroirs sur les côtés. Dessus en marbre vert. Style Louis XIV.

29 — Jolie commode en marqueterie de bois, ornée de bronzes ciselés et dorés à dessus de marbre. Époque Louis XVI.

30 — Jolie console en bois sculpté et doré, à dessus de marbre. Époque Louis XVI.

31 — Deux jolies petites marquises de forme contournée en noyer finement sculpté et rehaussé d'or, toutes couvertes en soie rose brochée à fleurs et festons. Style Louis XV.

32 — Bel ameublement de salon, composé d'un grand canapé et huit fauteuils à haut dossier en noyer sculpté couvert en tapisserie fond marron, représentant au dossier des médaillons à petits personnages et sur les sièges des cartels à volatiles encadrés de fleurs, de rinceaux et de fruits; travail partie au petit point et au point. Style Louis XIII.

33 — Grande et belle bibliothèque à hauteur d'appui, en bois noir, ornée de bronzes polis. Style Louis XIV.

34 — Belle bibliothèque à hauteur d'appui, en bois noir, ornée de bronzes polis. Style Louis XIV.

35 — Beau bureau en bois rose et palissandre, orné de bronzes. Époque Louis XVI.

36 — Beau meuble à deux corps en noyer sculpté, rehaussé d'or par parties et orné d'incrustations de marbre, offrant sur les battants des figures de femmes. Style du XVIe siècle.

37 — Deux tabourets en noyer sculpté rehaussé d'or, forme X avec accotoirs, couverts en peluche rouge, garnis de cordelières et de passementeries assorties. Style Renaissance.

38 — Porte-carton en acajou sculpté. Style Louis XVI.

39 — Bel écran en ancienne tapisserie au petit point, exécuté d'après *Bérain*, représentant la *Toilette de Vénus* sous un baldaquin encadré d'ornements et de rinceaux. Bois sculpté de style Louis XIV.

40 — Belle chaise à porteurs de forme élégante à rocailles en bois finement sculpté et doré, fond en cuir brun, garnie de bronze ciselé et doré. Époque Louis XV.

41 — Jolie petite commode en bois rose et marqueterie, élevée sur quatre pieds ; à deux tiroirs ; ornée d'une

frise à chaînette et d'un encadrement à moulures en bronze doré du temps de Louis XVI.

42 — Banquette à dossier et accotoir en bois sculpté à jour, à armoirie. Époque Renaissance.

43 — Grande table rectangulaire à rallonges en noyer sculpté, avec piédement à arcades. Style du XVIe siècle.

44 — Étagère d'appui en bois sculpté, style chinois; dessus en marbre.

45 — Râtelier porte-sabres en laque du Japon, fond aventurine à rehauts d'or et argentifère.

46 — Petite étagère en laque du Japon, fond noir, décor paysages et oiseaux à rehauts d'or.

47 — Huit grandes chaises en noyer sculpté, couvertes en panne rouge feu, garni de galons et de passementerie jaune. Style Louis XIII.

48 — Quatre grands fauteuils en noyer sculpté, couverts en tapisseries à fleurs, d'après Baptiste, sur fond bleu. Style Louis XIV.

49 — Banquette en bois richement sculpté à jour, avec accotoir représentant des lions dans des enroulements, couverte de velours rouge. Époque Renaissance.

50 — Deux grands fauteuils en noyer sculpté, couverts en ancienne tapisserie au point et au petit point, offrant

au dossier des médaillons à personnages, et sur les sièges des cartels à oiseaux et fleurs encadrés de rinceaux feuillagés et enroulements. Style Louis XIV.

51 — Joli meuble en bois dur de Chine décoré d'applications en nacre, ivoire et bois précieux, représentant des corbeilles de fruits, des papillons et des fleurs.

52 — Chaise à haut dossier en bois sculpté, couverte en broderie à fleurs et feuillages. Époque Louis XIV.

53 — Deux colonnes en bois sculpté, enguirlandées de ceps de vigne, surmontées de chapiteaux, rehaussées d'or par parties. Époque Louis XIII.

54 — Beau meuble à étagère en bois dur sculpté, orné de sujets, de fleurs et de feuillages en ivoire, en nacre et en laque. Travail chinois.

55 — Buffet vitré à deux corps en bois sculpté. Époque Louis XIV.

56 — Grand dressoir en bois sculpté, dessus de marbre. Époque Louis XIV.

57 — Belle chaise à porteurs en bois sculpté et doré, avec panneaux peints représentant des bouquets et des gerbes de fleurs. Époque Louis XV.

58 — Cheminée couverte en velours bleu avec bandeau en tapisserie au point garni de passementeries. Style Louis XIII.

ARGENTERIE

59 — Très belle écuelle avec couvercle et plateau en argent ciselé et gravé, à anses plates forme coquilles, décorée sur le couvercle de guirlandes de fleurs et surmontée d'un fruit. Travail vieux Paris. Époque Louis XV.

60 — Très belle écuelle avec couvercle et plateau en argent ciselé et gravé, bordure décorée de godrons, anses plates à coquilles, dessins à ornements d'après Bérain et médaillons à têtes de personnages. Époque Louis XIV. Travail vieux Paris.

61 — Belle soupière ovale à double fond en argent, ornée de perlé, surmontée d'un groupe de choux-fleurs. Travail du temps de Louis XVI, vieux Paris.

62 — Belle aiguière avec grand plateau de forme élégante à rocailles en argent repoussé et ciselé, riche décor de fleurs. Époque Louis XV.

63 — Écuelle en argent avec plateau, à anses plates forme coquilles et ornements avec armoiries gravées. Travail français. Époque Louis XIV.

64 — Belle cafetière, modèle à côtes tournantes, avec bec forme corne d'abondance à rocailles, élevée sur trois pieds à enroulements enguirlandés de lauriers, avec anse en bois noir sculpté. Époque Louis XV.

65 — Cafetière tripode, modèle à côtes tournantes, en argent repoussé. Travail français. Époque Louis XV.

66 — Jolie cafetière en argent repoussé et gravé, modèle à côtes tournantes se terminant en rocailles avec bec forme écusson enguirlandé de lauriers. Travail vieux Paris. Époque Louis XV.

67 — Jolie petite cafetière en argent repoussé et ciselé, élevée sur trois pieds, modèle à côtes tournantes avec bec forme carquois contourné. Travail vieux Paris. Époque Louis XV.

68 — Deux jolis moutardiers avec plateaux adhérents élevés sur quatre pieds en argent repoussé et finement ciselé, décorés de guirlandes de lauriers et de fleurs, fond feuilles de choux. Travail vieux Paris. Époque Louis XVI. Avec deux cuillères.

69 — Jolie théière forme pentagonale et cintrée en argent gravé, décor d'après Bérain, bec formé d'une tête de dauphin. Époque Louis XIV.

70 — Beau porte-huilier en argent finement ciselé, décoré d'écussons enguirlandés de lauriers, élevé sur quatre pieds à consoles. Travail français. Époque Louis XVI.

71 — Joli porte-huilier en argent ciselé, décoré d'un feston à jour courant autour du plateau et de ceps de vigne s'enlaçant autour de rocailles formant les godets. Époque Louis XVI.

72 — Joli moutardier en argent, même modèle.

73 — Joli sucrier ovale avec couvercle et plateau en argent ciselé, décoré de cariatides de béliers, de draperies, de guirlandes, de raisins et de rubans soutenant des écussons. Travail vieux Paris. Époque Louis XVI.

74 — Jolie poudrière à sucre en argent finement ciselé et gravé, couvercle quadrillé, panse ornée d'armoiries et culs-de-lampe à oiseaux et fleurs. Travail vieux Paris. Époque Louis XIV.

75 — Jolie aiguière à sirop et poudrière à sucre en argent finement gravé, décor d'après Bérain à écussons et ornements. Travail français. Époque Louis XIV.

76 — Paire de chandeliers en argent repoussé décorés de feuilles d'acanthe avec fuseaux cannelés. Époque Louis XVI.

77 — Six cafetières tripodes de différentes grandeurs en argent. Travail français du temps de Louis XVI.

78 — Plat oblong à bords festonnés en argent. Époque Louis XV.

79 — Trois plats oblongs à bords festonnés en argent. Travail français. Époque Louis XV.

80 — Deux compotiers quadrangulaires à contours en argent. Travail vieux Paris. Époque Louis XVI.

81 — Cinq plats en argent de différentes grandeurs, forme ronde à festons, décorés d'armoiries gravées. Travail français. Époque Louis XV.

82 — Deux bouts de table et quatre salières en argent finement ciselé, décorés de guirlandes de fleurs, de pieds de biches et d'écussons. Travail français. Époque Louis XV.

83 — Joli service en argent martelé et ciselé, composé d'un grand plateau, une théière, un sucrier, un pot à crème et quatre tasses avec soucoupes forme fruits. Travail japonais.

SCULPTURES

84 — Paire de beaux candélabres formés de statuettes d'enfants en marbre blanc, portant des bouquets de fleurs en bronze doré à cinq lumières. Style Louis XVI.

85 — Beau buste d'après l'antique : Empereur romain en marbre rouge et porphyre oriental.

86 — Deux bustes de femme en marbre blanc avec costume en marbre polychrome.

87 — Belle statue en marbre blanc : *Mignon*, de Faure de Broussé.

88 — Beau buste en terre cuite de la *Du Barry*. Travail de l'époque. (Œuvre intéressante.)

89 — Groupe en marbre : *Léda*, d'après Thierry.

90 — Statuette en marbre : *Vénus d'Arles*.

91 — Statuette en marbre : *Diane*, d'après Houdon.

92 — Deux gaines en marbre ornées de bronzes.

BRONZES D'ART ET D'AMEUBLEMENT

93 — Très beau groupe en bronze : *Laocoon*, jolie patine, époque Louis XIV, socle en granit oriental. Marqué d'un poinçon C couronné.

94 — Belle statuette en bronze : *Apollon*, époque Louis XVI, socle en bronze poli.

95 — Belle statuette en bronze : *Annibal* en armure. Époque Louis XIV.

96 — Jolie statuette équestre en bronze : *Louis XIV* à cheval, socle en porphyre oriental.

97 — Groupe en bronze, patine verte : *Diane*, d'après Bouchardon.

98 — Belle statuette équestre en bronze ancien du Japon : un *Boudha* sur un bœuf.

99 — Beau cartel en bronze ciselé et doré, modèle à rocailles et fleurs, couronné par une figure allégo-

rique de la *Paix*. Cadran signé : *Toussaint Lenoir à Paris*. Époque Louis XV.

100 — Joli groupe en bronze représentant la *Nymphe aux cymbales* et le *Petit Faune*. Sur socle en marbre vert. XVIIe siècle.

101 — Très belle pendule d'aspect monumental, de style Louis XIV, en écaille de l'Inde, posée sur un socle suivant les contours, supportée par quatre cariatides de femmes ailées se terminant en volutes, ornée d'encadrements de cuivre, de consoles, de chutes de fleurs, de frises ajourées et de guirlandes en bronze ciselé et doré. Le couronnement en forme de dôme est surmonté d'une figure du temps. Cadran signé : *Thuret, Paris*.

102 — Jolie pendule avec socle-console d'applique en écaille verte, très richement ornée de rocailles et d'enroulements en bronze doré. Époque Louis XV. Cadran signé : *Gamard*, horloger du Roi, à Paris.

103 — Quatre belles appliques à deux lumières en bronze ciselé et doré, formées de branchages gracieusement enlacés. Style Louis XV.

104 — Paire de beaux vases en ancienne porcelaine blanche de Saxe, ornés d'anses à mascarons et de guirlandes de lauriers, montés sur pieds en bronze finement ciselé et doré.

105 — Paire de belles appliques à trois lumières en bronze ciselé et doré, formées de rinceaux feuillagés avec

mufles de lions au centre enguirlandés de lauriers et couronnés par des brûle-parfums. Époque Louis XVI.

106 — Onze patères pour rideaux en bronze doré, formés de rinceaux à chaînettes enguirlandés de lauriers, surmontés de panaches. Style Louis XVI.

107 — Onze patères pour rideaux en bronze doré, forme Louis XV.

108 — Paire de beaux candélabres, représentant des figures d'enfants portant des bouquets à cinq lumières avec tiges enguirlandées de feuilles de lierre sur fûts en granit d'Égypte entourés de tores de lauriers en bronze ciselé partie doré.

109 — Beau groupe en bronze : *la Vierge et l'Enfant*, sur socle en bois sculpté. XVIIIe siècle.

110 — Belle jardinière ronde en émail cloisonné de Chine, fond bleu turquoise, avec oiseaux, fleurs et insectes en couleur. Richement montée en bronze doré dans le style chinois, avec support en bois sculpté de Chine.

111 — Belle pendule avec socle-console d'applique en marqueterie de cuivre sur fond d'écaille, richement ornée de rocailles et d'enroulements en bronze doré ; sur le devant est représenté un groupe de Chinois pinçant de la guitare. D'après *Bérain*. Le cadran est signé *André Furet, à Paris*. Époque Louis XIV.

112 — Douze patères pour rideaux en cuivre poli. Style Henri II.

113 — Six porte-embrasses en bronze doré. Style Louis XVI.

114 — Paire de jolis candélabres en bronze ciselé, partie dorée, représentant des figures de Chinois et de Chinoises abritées par des arbres, portant trois lumières et posées sur des socles forme tertre avec fleurs et lézards. Époque Louis XV.

115 — Joli vase en spath fluor avec monture en bronze ciselé et doré, à guirlandes de roses retenues par des anses à têtes de femmes, pied orné d'un tore de lauriers. Époque Louis XVI.

116 — Joli vase en ancienne porcelaine de céladon, monté sur pieds et orné de guirlandes de lauriers en bronze finement ciselé et doré. Époque Louis XVI.

117 — Jolie jardinière de forme surbaissée et rectangulaire en ancienne porcelaine de céladon, fond bleu turquoise, supportée par quatre cariatides de satyres ralliant un bandeau à draperies au milieu desquelles se détachent des couronnes de lierre et des trophées de flèches. Époque Louis XVI.

118 — Deux belles cassolettes en ancienne porcelaine de céladon, fond bleu turquoise truité fin, avec jolies montures formées de rocailles et d'enroulements en bronze ciselé et doré.

119 — Aiguière avec bassin en cuivre gravé d'Orient. XVIe siècle.

120 — Aiguière avec bassin en cuivre gravé, travail oriental. XVIIe siècle.

121 — Paire de jolis petits candélabres à trois lumières, formés de figurines en vieux Saxe sous des bosquets en bronze peint chargés de fleurs en Saxe, tertre forme rocaille en bronze doré. Époque Louis XV.

122 — Cartel en bronze doré à guirlandes de lauriers avec mascarons dans le bas et brûle-parfums comme couronnement. Cadran signé *Paillard à Paris*. Époque Louis XVI.

123 — Paire de beaux chenets en bronze ciselé et doré, représentant *Jupiter et Vénus* sur des consoles portées par des sphinx. Style Louis XIV.

124 — Belle pendule en bronze ciselé et doré, représentant un lion s'élançant sur le mouvement; de l'autre côté retombe une corne d'abondance. Le socle est orné de guirlandes de lauriers retenues par des rubans. Époque Louis XVI.

125 — Groupe d'enfants, allégorie des Sciences. Époque Louis XVI.

126 — Statuette en bronze : *l'Enfant à l'oiseau*. Sur fût de colonne en marbre rouge. Époque Louis XVI.

127 — Deux bustes de femmes en bronze : *l'Automne* et *la Tragédie* de *Clésinger*. Édition de Barbedienne sur socles en marbre jaune de Sienne.

128 — Joli petit encrier en bronze ciselé et doré, forme rocaille.

129 — Paire de vases en bronze du Japon, offrant des médaillons à fleurs, partie argentifère et dorée.

130 — Paire de vases en ancienne porcelaine de Chine de la famille verte, monture en bronze doré à rocaille. Style Louis XV.

131 — Paire de grands chenets en bronze poli, offrant aux pieds des dauphins enroulés. Style Louis XIII.

132 — Deux plats en cuivre repoussé à ombilics. Travail gothique.

133 — Aiguière avec son bassin en cuivre gravé et repercé, ornée d'appliques émaillées à gouttelettes. Travail oriental du XVIe siècle.

134 — Joli brûle-parfums en bronze ancien du Japon, porté par trois têtes d'éléphants, décoré de feuillages et de fleurs avec couvercle repercé surmonté d'un éléphant couché.

135 — Langouste en bronze ancien du Japon.

136 — Deux torchères de pagode, représentant des monstres au ventre nu avec costumes enrichis de pierreries, portant des fleurs de nélumbo, en bronze ancien du Japon.

137 — Deux braséros en cuivre finement gravé, représentant

des médaillons à figures et inscriptions. Travail ancien d'Orient.

138 — Beau lustre en bronze garni de cristaux.

139 — Paire de girandoles ornées de cristaux.

140 — Paire de beaux candélabres en bronze, ornés de cristaux de roche. Époque Louis XVI.

141 — Grand et beau lustre en bronze richement orné de cristaux.

142 — Lustre flamand en cuivre poli. Style Louis XIII.

143 — Lustre en bronze, orné de cristaux. Style Louis XVI.

ARMES EUROPÉENNES

144 — Joli petit tromblon en bois finement incrusté d'argent, offrant le double aigle d'Autriche, des multitudes d'oiseaux et d'animaux se perdant dans des arabesques ; sous la batterie l'inscription : *Srentes ;* canon incrusté de cuivre avec cachet de maître arquebusier en incrustation d'or. XVIIe siècle.

145 — Paire de beaux pistolets de *Fromen. A. Erlan*, très richement ornés d'incrustations d'argent avec crosses à mascarons fantastiques, médaillons historiques et arabesques, platine finement ciselée et contre-platine formée d'une frise à jour représentant des figures

de renommée et des animaux fabuleux dans des rinceaux, canons gravés, dessus de crosses avec blasons royaux en relief et armoiries incrustées et gravées. Travail remarquable du XVIIIe siècle.

146 — Deux pistolets de *Francisco Geratto* avec canons signés de *Lazarino Cominazzo;* bois orné de belles applications en fer finement ciselé, dessin à arabesques et fleurs avec crosse dans le même goût. XVIIe siècle.

147 — Deux pistolets avec bois incrustés, crosses, canons et ornements en fer finement ciselé représentant des animaux fantastiques et des ornements. XVIIIe siècle.

148 — Paire de beaux pistolets avec canons fleurdelisés, bois sculptés à rocailles, platines en fer ciselé, signés : *Fabigoni;* crosses, sous-gardes et écussons en argent ciselé à bustes de personnages, trophées guerriers et rocailles. Époque Louis XIV.

149 — Joli poignard avec lame à arêtes vives et en creux, poignée en cristal de roche gravé. XVIe siècle.

150 — Paire de pistolets avec canons ornés de cachets de maîtres, bois richement incrustés d'ivoire à arabesques, grotesques et écussons ; platines gravées. XVIe siècle.

151 — Deux pistolets de *Antonio Francino*, ornés d'incrustations en fer finement découpées. XVIe siècle.

152 — Deux pistolets de *Retori* avec garnitures du canon et

de la crosse en fer gravé dans le goût oriental. XVIIe siècle.

153 — Deux pistolets de *Diego-Bentura*, canons au cachet du maître, platines gravées, crosses à tête de Minerve et scène de combat finement ciselée; orné dessus d'une armoirie avec contre-platine à médaillon : buste de femme et combat de cavaliers en bas-relief. XVIIe siècle.

154 — Jolie platine en fer ciselé décorée de volutes finement feuillagées, signée : *Gio. di. Lod : Brioni Cauriago.* XVIe siècle.

155 — Très joli pistolet minuscule en argent doré et finement gravé, à batterie compliquée et crosse formée d'un masque de chimère. Travail vénitien dans le goût oriental. XVIe siècle.

156 — Épée à lame longue et fine portant l'inscription : *Tomae Aiala*, garde à corbeille en fer repercé, dessin à oiseaux et arabesques, quillons droits. XVIe siècle.

157 — Beau fusil à crosse contournée orné d'incrustations d'ivoire et de nacre, batterie gravée et rehaussée d'or. XVIe siècle.

158 — Beau fusil à crosse contournée couvert de fines incrustations d'ivoire et de nacre. XVIe siècle.

159 — Épée à lame longue et fine gravée près du talon avec inscription : *Fortuna torat constante*; pommeau et garde en fer ciselé à bustes de personnages et arabesques. XVIe siècle.

160 — Main gauche avec garde finement reperçée, dessin à arabesques. XVIe siècle.

161 — Main gauche avec garde en fer gravé, dessin à arabesques. XVIe siècle.

162 — Épée à lame longue et fine, signée : *Antonio in Toledo*; garde à corbeille ajourée, quillons droits. XVIIe siècle.

163 — Épée à lame longue et fine avec garde à triples rinceaux et quillons droits. XVIe siècle.

164 — Poudrière en os gravé représentant des combats du moyen âge.

165 — Poudrière en corne sculptée représentant un personnage portant un blason. XVIe siècle.

166 — Épée de cour avec lame gravée à trophée et inscription ; poignée en fer reperçé et rehaussé d'or. Époque Louis XV.

167 — Épée d'enfant à lame triangulaire avec poignée en fer reperçé. Époque Louis XV.

168 — Petit fusil d'enfant avec batterie à pierre de la manufacture de Versailles. Époque Louis XVI.

169 — Casque et cuirasse en fer. XVIe siècle.

ARMES ORIENTALES

170 — Très belle armure composée d'un bouclier, d'un casque avec garde-nuque en cotte de mailles, deux brassards et deux cuissards en fer finement damasquiné d'or. XVIIe siècle.

171 — Beau casque en fer damasquiné d'or, dessin à fleurs, arabesques et bandes avec garde-nuque en cotte de maille. XVIIe siècle.

172 — Bouclier en fer damasquiné d'or offrant des quadrupèdes courant et un fouillis de fleurs, de feuillages et d'arabesques. XVIIe siècle.

173 — Casque à pointe en fer damasquiné d'or, décoré d'inscriptions et d'ornements avec garde-nuque en cotte de mailles. XVIIe siècle.

174 — Bouclier en fer damasquiné d'or représentant des parterres de fleurs. XVIIe siècle.

175 — Deux brassards en fer finement damasquiné d'or avec cotte de mailles. XVIIe siècle.

176 — Beau poignard à lame courbe de Damas, damasquiné d'or près du talon, avec poignée et fourreau en argent enrichi de corail se terminant en tête de dauphin. XVIIe siècle.

177 — Beau poignard à lame courbe avec poignée forme tête de perroquet, en fer finement reperçé, dessin

à arabesques et fourreau en velours violet avec garniture en fer gravé. XVIe siècle.

178 — Kanjahr avec poignée en bois et fourreau en velours garni de filigranes d'argent. XVIIe siècle.

179 — Beau poignard à lame courbe de Damas avec poignée et fourreau en argent enrichi de pierreries. XVIIe siècle.

180 — Beau flissah à lame damasquinée avec poignée à double oreille et fourreau en argent ciselé. XVIIe siècle.

181 — Beau pistolet tout couvert en argent ciselé avec canon gravée. XVIIe siècle.

182 — Beau pistolet tout couvert en argent ciselé avec platine gravée. XVIIe siècle.

183 — Beau poignard à lame courbe de Damas avec poignée et garniture du fourreau tout émaillée. Dans un écrin. XVIIe siècle.

184 — Poignard à lame plate damasquinée d'or avec poignée verte; garniture du fourreau en argent repoussé à fleurs et arabesques. XVIe siècle.

185 — Casque à pointe en fer damasquiné d'or, dessin à bandes contournées et inscriptions. XVIIe siècle.

186 — Poignard à lame courbe flamboyante et damasquinée d'or avec poignée en ivoire et garniture de four-

reau en fer incrusté, accompagné d'un petit couteau se serrant dans la même gaine. XVIIe siècle.

187 — Très joli petit poignard à lame courbe de Damas. La poignée, de forme quadrangulaire et cintrée, est tout en argent ciselé décoré d'arabesques ; le fourreau en velours est garni d'argent. XVIe siècle.

188 — Beau poignard à lame courbe damasquiné d'or près du talon, avec poignée en jade forme tête de cerf et fourreau en velours monté en vermeil ciselé. XVIIIe siècle.

189 — Pistolet avec bois incrusté de filets d'argent, richement monté en argent ciselé, dessin à enroulements. XVIIe siècle.

190 — Poignard à lame plate avec double cachet près du talon, poignée en ivoire, fourreau en velours garni en argent et enrichi de corail. XVIIIe siècle.

191 — Paire de beaux pistolets couverts en argent doré, niellés, finement ciselés, avec canons gravés ornés du cachet du maître arquebusier. XVIIe siècle.

192 — Poignard court à lame de Damas très courbe, incrusté d'or près du talon avec poignée et fourreau en argent repoussé et filigrané, accompagné d'une chaîne avec deux appliques pendentives. XVIe siècle.

193 — Petit flissah à poignée d'ivoire et fourreau en argent finement gravé avec chaînette d'attache. XVIIe siècle.

194 — Très beau kriss malais à lame flamboyante et hérissée d'un serpent à tête de dragon avec poignée en ivoire sculpté représentant un guerrier se défendant des étreintes d'un serpent, fourreau en bois, partie laquée. XVIe siècle.

195 — Poignard à lame courbe de Damas, gravé près du talon, poignée en fer damasquiné d'or, fourreau en velours vert. XVIIe siècle.

196 — Petit poignard, poignée en ivoire, fourreau en velours avec monture en fer gravé. XVIIe siècle.

197 — Poignard à lame courbe et courte, poignée en bois, fourreau en argent filigrané. XVIIe siècle.

198 — Poignard à lame de Damas avec poignée en bois et ivoire. XVIIe siècle.

199 — Pistolet avec bois incrusté de filets d'argent, crosse et garniture du canon en argent ciselé, dessin à arabesques. XVIIe siècle.

200 — Beau pistolet avec canon damasquiné d'or et cachet de maître, tout couvert d'argent niellé et gravé. XVIe siècle.

201 — Pistolet avec canon couvert de damasquinure d'or; bois partie garnie d'argent niellé. XVIe siècle.

202 — Pistolet à crosse ronde garnie d'argent niellé, canon gravé avec cachet de maître. XVIe siècle.

203 — Très belle épée de tournoi avec poignée et avant-bras en fer damasquiné d'or. XVIe siècle.

204 — Fusil avec agrafe en argent gravé, crosse en ivoire, canon et platine incrustés d'or. XVIIe siècle.

205 — Fusil à canon damasquiné d'or et bois incrusté d'ivoire. XVIIe siècle.

206 — Flissah avec belle lame de Damas incrustée d'or à inscription, poignée en mors, fourreau garni en argent. XVIIe siècle.

207 — Deux petites lances en fer incrusté avec bois ornés de filets d'argent. XVIIe siècle.

208 — Petit poignard avec poignée en os et fourreau couvert en argent niellé.

209 — Poudrière en argent filigrané enrichi de pierreries. XVIIIe siècle.

210 — Poire à poudre montée en argent niellé. XVIIe siècle.

211 — Poudrière montée en argent niellé. XVIIe siècle.

212 — Poudrière forme croissant en argent et en cuivre ciselés. XVIIe siècle.

213 — Deux poudrières en fer, parties repercées.

214 — Poudrière en corne montée en argent niellé, ornée de cachets de maître. XVIIe siècle.

215 — Poudrière en cuivre avec ornements en fer repercé. XVIIe siècle.

216 — Poudrière en mors incrusté, dessin à arabesques, monture en fer damasquiné.

217 — Quatre lances en fer damasquiné d'or avec hampes en peluche rouge.

218 — Deux brassards en fer ornés d'inscriptions en incrustation d'or.

219 — Cartouchière en argent doré et ciselé. XVIIe siècle.

ARMES CHINOISES ET JAPONAISES

EN ARGENT

220 — Beau sabre avec poignée finement ciselée à fleurs, garde à jour, dessin à petits paysages et rosaces, fourreau en bois garni d'argent, accompagné d'un petit couteau à poignée ciselée.

221 — Beau sabre avec poignée en bois, orné de chimères en argent ciselé, virole et pommeau représentant les flots de la mer, garde partie noircie et dorée, fourreau en laque à rehauts d'or avec garniture en argent représentant un crabe.

222 — Joli couteau de mandarin avec poignée en argent et en fer finement ciselé, fourreau en laque fine rehaussée d'or et garniture en argent.

223 — Joli couteau de mandarin avec poignée et fourreau en bois garni en argent ciselé, décor à fleurs.

224 — Couteau de mandarin avec fourreau en laque, et poignée montée en argent ciselé ornée d'appliques au dragon en bronze.

225 — Couteau de mandarin avec fourreau laqué, poignée garnie de soierie blanche; monture en argent ciselé et gravé et petit couteau s'enchâssant dans la même gaine.

226 à 231 — Six sabres avec gardes et montures finement ciselées. (Seront vendus séparément.)

232 — Beau sabre avec fourreau en laque fine garni d'argent, garde et petit couteau rehaussés d'émaux à fleurs.

233 — Grand sabre avec poignée en argent martelé, fourreau en laque aventuriné et garni.

234 à 239 — Six sabres avec gardes et montures finement ciselées. (Seront vendus séparément.)

240 — Couteau de mandarin avec lame gravée, fourreau et poignée laqués, monture en argent gravé.

241 — Couteau de mandarin avec poignée et fourreau laqués rouges; monture gravée.

242 — Six couteaux de mandarins avec fourreaux laqués, gardes et montures finement ciselées.

243 — Sabre de mandarin avec fourreau forme bambou, poignée martelée, ciselée et émaillée à feuillages, fruits et colimaçons.

244 — Couteau de mandarin avec poignée et fourreau en bois, garniture en fer ciselé représentant des plantes et des colimaçons.

245-247 — Trois jolis couteaux de mandarins avec garnitures en argent et en bronze finement ciselés. (Seront vendus séparément.)

BOIS SCULPTÉS

248 — Très beau jeu de jaquet : intérieur décoré de marqueterie de bois représentant des trophées guerriers, des pyramides, une ville forte et un port de mer. Il offre dessus en bas-relief finement sculpté : l'Enlèvement des Sabines, importante composition de nombreuses figures, et dessous, un damier en marqueterie à fleurs et fruits. Monture en argent. XVIe siècle.

249 — Beau panneau rectangulaire en bois de fer offrant en application de burgau, de nacre, d'ivoire et de laque, un vase de fleurs, un oiseau et une jatte. Travail chinois.

250 — Groupe représentant saint Michel terrassant le dragon. Bois sculpté du XVIe siècle, rehaussé de vestiges de peinture.

251 — Baromètre-thermomètre en bois sculpté et doré. Époque Louis XVI.

252 — Panneau carré représentant le siège d'une ville. Composition de nombreuses figures de cavaliers et de fantassins sculptés en bas-relief. XVIe siècle.

253 — Groupe de trois figures, allégorie de la Circoncision. Sculpture sur bois du XVIe siècle.

254 — Statuette représentant une sainte faisant sa prière. Sculpture sur bois. XVIe siècle.

255 — Petit panneau en bois de fer orné d'applications de nacre, d'ivoire et de bronze, représentant des plantes et des fleurs. Travail chinois.

256 — Deux médaillons offrant en haut-relief un gentilhomme en armure et une dame en costume de cour. Cadres en bois sculpté noirci et doré.

257 — Cadre doré à guirlande de fleurs. Style Louis XVI.

258 — Grand et beau panneau rectangulaire en bois de fer, offrant en application de laque, d'ivoire et de burgau, une jardinière sur un guéridon chargé de fleurs.

259 — Beau panneau rectangulaire en bois de fer, offrant en application d'ivoire, de laque et de nacre, une réunion de mandarins grotesques autour d'une coupe, avec encadrement en bois sculpté.

FAIENCES ITALIENNES

260 — Urbino. — Deux jolis plats ronds représentant des paysages montagneux arrosés par des cours d'eau animés de figures et d'animaux, offrant en haut les armes des *Salviati*. xvie siècle.

261 — Milan. — Soupière avec couvercle à jour, décor polychrome.

262 — Castelli. — Belle plaque rectangulaire représentant la Chasse au lion. xviie siècle. Encadré.

263 — Castelli. — Deux plaques rondes représentant des scènes champêtres, berger et troupeau, et des allégories au Nouveau Testament. xviie siècle. Encadrés.

264 — Urbino. — Petit plat représentant David et Goliath. xvie siècle.

265 — Urbino. — Coupe sur piédouche représentant Moïse implorant Dieu. xviie siècle.

266 — Urbino. — Coupe sur piédouche représentant une scène mythologique. xvie siècle.

267 — Urbino. — Coupe à bossage offrant au centre, sur l'ombilic, un portrait de femme, et autour des palmes et des fleurs sur fond de diverses couleurs. xvie siècle.

FAIENCES DE DELFT

268 — DELFT. — Garniture de cinq pièces, décor à compartiments à fleurs en bleu sur blanc.

269 — DELFT. — Garniture de cinq pièces, décor à compartiments à paysages et animaux en bleu sur blanc.

PORCELAINES

270 — CHINE ANCIEN. — Paire de potiches, avec couvercles, décorées de lambrequins et d'ornements en bleu sur blanc.

271 — CHINE ANCIEN. — Deux potiches décorées de cachets et de fleurs en bleu sur blanc.

272 — CHINE ANCIEN. — Deux assiettes, forme octogone, pâte fine, représentant, au centre, des paysages avec figures et animaux; bordure de l'une, fond bleu turquoise; de l'autre, fond violet; lambrequinées avec mosaïque clatrée bleu turquoise et rose.

273 — CHINE ANCIEN. — Très belle assiette pâte coquille d'œuf, offrant, au centre, une scène familière en émaux de couleur, marli à quadrillés fond rose, bordure à fleurs et arabesques, le tout rehaussé d'or.

274 — CHINE ANCIEN. — Jolie assiette, pâte coquille d'œuf, offrant, au centre, une bergère gardant son trou-

peau et une bouquetière, bordure à quadrillés fond rose et cartels de fleurs.

275 — CHINE ANCIEN. — Belle assiette, pâte coquille d'œuf, représentant, au centre, une jeune mère instruisant ses deux enfants; bordure à carrelages fond rose et cartels de fleurs.

276 — CHINE ANCIEN. — Très jolie assiette offrant, au centre, un intérieur chinois avec figures de femme et enfants, encadrée d'un lambrequin fond d'or à fleurs; le marli fond rose, à arabesques, est entrecoupé de cartels fond bleu. La bordure représente un carrelage fond rose et un lambrequin en mosaïque clatrée bleu turquoise, avec médaillons à fleurs, le tout rehaussé d'or.

277 — CHINE ANCIEN. — Compotier, pâte coquille d'œuf, représentant une divinité indiquant le chemin de la vie à une jeune fille portant des fleurs; bordure à carrelages fond rose.

278 — CHINE ANCIEN. — Aiguière de céladon, décor gravure sous couverte, monture en argent.

279 — CHINE ANCIEN. — Aiguière fond blanc, avec médaillons paysages en bas-relief, anse forme dragon.

280 — CHINE ANCIEN. — Deux jolies chimères, avec yeux mobiles, décor en vert, violet et jaune.

281 — CHINE ANCIEN. — Deux belles chimères de céladon bleu turquoise.

282 — Chelsea. — Deux flambeaux formés de groupes de Mars, Vénus et l'Amour.

283 — Sèvres ancien. — Jolie tasse, avec soucoupe, en pâte tendre, décor fond gros bleu pointillé d'or, avec médaillons à couronnes de fleurs enrubannées.

284 — Chine ancien. — Grand et beau plat rond de la famille rose, riche décor à fleurs et insectes avec marli à lambrequins et bordure fond rose à arabesques.

285 — Chine ancien. — Très grand plat creux décoré de cinq dragons impériaux en bleu sur blanc.

286 — Japon ancien. — Plat rond décoré d'oiseaux et de fleurs en couleur rehaussé d'or; bordure à dessin gravé sous couverte.

287 — Saxe. — Cent quarante-deux assiettes à bords gaufrés, décor à fleurs.

288 — Chine ancien. — Deux beaux plats de la famille rose, offrant au centre des scènes familières en émaux de couleur, bordure fond rose à cartels de fleurs.

289 — Japon ancien. — Plat hexagonal, décor par compartiments, à jardinières et fleurs en polychrome rehaussé d'or.

290 — Saxe. — Quatre grands plats ovales de différentes grandeurs, à bords gaufrés, décor à fleurs.

291 — Saxe. — Deux bonbonniers formés de quatre coquilles accouplées, décor à fleurs.

292 — Saxe. — Deux compotiers carrés à bords gaufrés, décor à fleurs.

293 — Saxe. — Quatre petits compotiers carrés, même décor.

294 — Saxe. — Plat long à poisson, même décor.

295 — Saxe. — Deux bonbonniers formés de trois coquilles accouplées, même décor.

296 — Saxe. — Deux plats ronds et creux, même décor.

297 — Saxe. — Dix-huit coquilles à glaces, décor à fleurs.

298 — Saxe. — Deux bonbonniers à deux coquilles.

299 — Saxe. — Soupière avec couvercle, bords gaufrés, décor à fleurs.

300 — Chine ancien. — Paire de petites potiches avec couvercles, décor à vases de fleurs et lambrequins.

301 — Saxe. — Trois plats ronds.

302 — Saxe. — Deux saladiers.

HARPE

303 — Belle harpe en bois, finement sculptée et dorée, de *Cousineau*. Époque Louis XVI.

OBJETS DE VITRINE

304 — Très belle miniature, portrait de jeune femme, par Fragonard ; provient de la collection Lefebvre. Cadre en or.

305 — Bonbonnière ronde en écaille avec miniature, portrait de femme du temps de Louis XVI. Cercle en or.

306 — Cadre forme à rocailles et fleurs en bronze argenté et doré, finement ciselé. Époque Louis XV.

307 — Pipe forme tête de nègre en bois noir sculpté, avec jolie monture en argent repoussé et gravé. Époque Louis XV.

308 — Petit dessin, portrait d'un gentilhomme. École française du temps de Louis XVI. Cadre en bois doré.

309 — Éventail en vernis Martin, décor à volatiles et scènes chinoises, fond d'or.

310 — Très joli encadrement en bronze ciselé et doré, renfermant douze médaillons représentant les Césars. Époque Louis XVI.

311 — Belle miniature ovale sur cuivre, portrait de l'impératrice Catherine de Russie, avec cadre en bronze ciselé et doré, à tores de lauriers. Époque Louis XVI.

312 — Joli bas-relief en bois sculpté sur fond de velours, représentant le buste de Louis XIV sur un socle à console entouré de guirlandes et de banderoles à l'inscription; cadre à feuilles d'acanthe et tores de lauriers.

313 — Jolie petite gouache représentant la prise de la Bastille; composition de milliers de figures par Sergent, avec cadre en bronze ciselé et doré du temps.

314 — Curieuse tirelire en cuivre, offrant de chaque côté des médaillons en bas-relief sur cire, représentant des Adorations pour l'Enfant Jésus. XVIe siècle.

315 — Belle agrafe de ceinture en argent, partie filigranée, enrichie de coraux.

316 — Cartouchière en velours, brodé aux armes de France. Époque Louis XVI.

317 — Belle reliure en velours rouge, richement brodée d'or à armoiries et enroulements.

318 — Aumônière en velours brodé à armoiries et fleurs de lis.

319 — Petit nécessaire en nacre incrusté d'argent avec boite à mouches sur le couvercle. Époque Louis XVI.

320 — Petit coffret en fer doré et gravé. XVIe siècle.

321 — Encrier persan en cuivre gravé. XVIe siècle.

322 — Masque de monstre japonais.

323 — Bel éventail en nacre finement découpé et rehaussé d'or, à sujets champêtres avec feuille en soie à médaillons scène pastorale. Époque Louis XVI.

TABLEAUX

AQUARELLES — DESSINS — GRAVURES

BOREL

324 — *La Bascule.*

Charmante gravure en couleur.

325 — *Le Charlatan.*

Par Leveillé.

Son pendant.

BOUCHER

326 — *Le Triomphe de l'Amour.*

Dessin rehaussé de blanc.

Cadre en bois sculpté et doré de l'époque.

BOUCHER

327 — *Offrande à l'Amour.*

Gravure en couleur.

BREYDEL

(Le Chevalier)

328 — *Combats de cavalerie.*

Deux pendants.

Cadres en bois sculpté et doré de l'époque.

FRANCK

329 — *La Sainte Famille.*

Fond de paysage. Peinture sur cuivre.

Joli cadre en bois sculpté et doré, à figures d'enfants, et rinceaux de l'époque.

FABRIS

330 — *Le Marchand d'élixir.*

331 — *Le Charlatan.*

Deux pendants.

FRAGONARD

332 — *La Joueuse de mandoline.*

Dans le parc de Versailles, une jeune femme de la cour, en costume blanc décolleté, se repose près d'une balustrade, laissant tomber sa mandoline et ne regardant même plus son cahier de musique ouvert sur ses genoux.

HUBERT ROBERT

333 — *Vue d'un palais animé de figures.*

Dessin rehaussé de couleur.

Cadre ancien en bois sculpté.

HUBERT ROBERT

334 — *Les Lavandières.*

Dessin rehaussé de rouge.

ISABEY

D'après

335 — *Portrait de Mme Dugazon.*

Gravure en couleur par Monsaldy.

JEAURAT

336 — *Portrait de femme.*

Dessin au crayon rehaussé de couleur.

Daté 1782.

LEFEBVRE

337 — *Mars et Minerve.*

Charmante allégorie représentée sous les figures des enfants de France.

Peinture à la miniature et à la gouache.

Cadre en bois sculpté et doré du temps.

LE PRINCE

338 — *Le Pont rustique.*

Une petite fille, un petit garçon et un chien animent ce charmant paysage.

Aquarelle.

PANINI

339 — *Vue de palais, animé de figures.*

ROLWANDSON

(D'après)

340 — *Le Vauxhall.*

Gravure en couleur par Pollard.

RUBENS

341 — *La Présentation au temple.*

Importante composition allégorique.

A été gravée.

Cadre en bois sculpté et doré du XVIIIe siècle.

ROSLIN

(D'après)

342 — *Marie-Antoinette de Lorraine d'Autriche, reine de France.*

Gravure par Roger.

Belle épreuve.

SAINT-NON

343 — *Les Bains de César, à Rome, animés de petits personnages.*

Gouache.

Signée.

INCONNU

344 — *La Petite Ravaudeuse.*

Sanguine.

Daté 1771.

TERBURG

345 — *La Sérénade.*

Une dame de qualité, au milieu de gentilshommes et de femmes groupés près d'une fontaine, pince de la mandoline.

VINKELES

346 — *Port de mer, animé de figures.*

347 — *La Dénonciation.*

Deux dessins rehaussés de couleur.

Cadres en bois sculpté et doré.

VERNET

(JOSEPH)

348 — *Environs de Gênes.*

Charmante gouache animée de nombreux petits personnages se livrant à la pêche, à la construction de bateaux et au débarquement du poisson.

Cadre en bois sculpté et doré.

WILLE

(D'après ALEXANDRE)

349 — *Le Repas des moissonneurs.*

350 — *La Noce de village.*

Deux gravures en couleur par Janinet.

ÉCOLE GOTHIQUE

351 — *La Crèche.*

Peinture à fond d'or, forme ogivale avec inscription.

ÉCOLE DU XVIe SIÈCLE

352 — *L'Adoration.*

353 — *La Présentation au temple.*

Deux feuilles de missel; peintures à rehauts d'or.

Cadre en bois sculpté du temps de Louis XIV.

ÉCOLE FRANÇAISE

XVIIe siècle.

354 — *Rémond de Trelles agenouillé devant la Vierge et l'Enfant.*

Jolie composition allégorique peinte à la miniature, avec entourage de forme monumentale, enguirlandée de fruits.

Cadre ancien en bois sculpté et doré.

ÉCOLE FRANÇAISE

355 — *Vue d'un parc animé de petits personnages.*

Gouache du temps de Louis XVI.

Avec cadre en bois sculpté et doré de l'époque.

ÉCOLE FRANÇAISE

XVIIIe siècle

356 — *Une Offrande à Esculape.*

Dessin en couleur.

ÉCOLE DU XVIIIe SIÈCLE

357 — *Le Printemps et l'Été.*

Deux médaillons ronds peints sur soie.

ÉCOLE FRANÇAISE

(xvIIIe siècle)

358 — *Louis XIV à cheval.*

Jolie gouache.

Cadre ancien en bois sculpté.

ÉCOLE FRANÇAISE

359 — *Les Espiègles.*

360 — *Les Amants surpris.*

Deux gravures en couleur.

ÉCOLE ITALIENNE

361 — *Le Massacre des Innocents.*

Grande et belle miniature rectangulaire.

Cadre en velours avec cercle en cuivre gravé.

ÉCOLE ITALIENNE

362 — *La Sainte Famille.*

Belle gouache du xvIIe siècle.

Cadre en bois sculpté de l'époque.

www.ingramcontent.com/pod-product-compliance
Ingram Content Group UK Ltd.
Pitfield, Milton Keynes, MK11 3LW, UK
UKHW021024180726
13838UKWH00004B/1615